あたし、アンバー・ブラウン！

ポーラ・ダンジガー 作
若林千鶴 訳
むかいながまさ 絵

文研出版

ポーラ・ダンジガー（Paula Danziger）　作者
1944年アメリカ、ワシントンDC生まれ。中学教師などを経て作家になる。1974年のデビュー以降30冊以上の作品を書いている。邦訳では『たんじょうパーティは大さわぎ』『ニコルズさんの森をすくえ』『こちら宇宙船地球号』（「マシュー・マーチン」シリーズ　岩波書店）、『よだれダラダラ・ベイビー』（絵本・BL出版）、アン・M・マーティンとの共著で『おしゃべりな手紙たち』（YA作品・早川書房）がある。2004年に心臓発作で亡くなった。

若林千鶴（わかばやし・ちづる）　訳者
1954年大阪市生まれ。大阪教育大学大学院修了。31年間、公立中学校で、国語科と図書館を担当。集団読書や「楽しく読んで考える読書」を中心に指導と実践し2012年退職。著書に『読書感想文を楽しもう』（全国SLA）他。訳書に『しあわせの子犬たち』（文研出版）、『わたしの犬ラッキー』（あすなろ書房）、『はばたけ、ルイ！』（リーブル）、『読書マラソン、チャンピオンはだれ？』（文溪堂）、『アルカーディのゴール』（岩波書店）、『ぼくと象のものがたり』（鈴木出版）ほか。

むかいながまさ　画家
1941年、鎌倉市に生まれる。上智大学卒業後、出版社勤務を経て画家となる。絵本やさし絵の作品に『ヘンショーさんへの手紙』『にじ色のガラスびん』（あかね書房）、『きょうりゅうが学校にやってきた』シリーズ（金の星社）、『先生と老犬とぼく』（「マーヴィン・レッドポスト」シリーズ）『子犬のラッキー大脱走』『ワンホットペンギン』『クリスマスの子犬』『しあわせの子犬たち』（以上　文研出版）、『大草原の小さな家』シリーズ（草炎社）ほか。

あたし、アンバー・ブラウン！

1章

ちょうどあと十分で、うちのクラスは、中国行きの飛行機《ひこうき》に乗《の》る予定《よてい》。

あたし、アンバー・ブラウンは、とってもわくわくしている三年生の一人《ひとり》。

親友のジャスティン・ダニエルズがとなりの席《せき》にすわるところだ。

ほら、ジャスティンはとなりの机《つくえ》について、時計のふりをしている。

いま聞こえるのは、静かなチク・タク・チク・タク……だけ。でも、あたしにはジャスティンが、何かほかのことをたくらんでるって、いいきれる。

このクラスは、世界《せかい》中を飛行機で旅行《りょこう》するという設定《せってい》で、各国《かっこく》の勉強《べんきょう》をしている。あたしたちは、いつもとなりどうしの席。

実際《じっさい》のところ、あたしたちは幼稚園《ようちえん》ではじめて出会ってから、ずっと一緒《いっしょ》。

でも、そのことはまた別《べつ》のお話。

パスポートとチケットを見つけるのは、ちょっと大変《たいへん》。だって、あたし、アンバー・ブラウンは、ちっともおかたづけができない三年生だから。

机のうえに、いろんなものをいそいで引っぱり出す——レポートを書くのに使う予定の本、イチゴ味《あじ》のグミののこりが半分、シールブックにヘアバンドが二本、輪《わ》ゴム七本、クリップ十一個《こ》、ワークブックが二冊《さつ》。そしてやっと、シールをいっぱいはって特別《とくべつ》にかざりつけたケースに入った、パスポートとチケットがでてきた。

「ブー！　ギャー！　ギャー！」ジャスティンが、イスごとからだをぎしぎし前後にゆらしはじめる。

あたしは、パスポートとチケットでジャスティンの頭をぶった。

もくてきち
RUSSIA
CANADA
CHINA
ペキン
JAPAN
とうきょう
INDIA
U.S.A

「わかったわよ。こんどは何のまね？」

「おれ、カッコウの目ざまし時計。尾羽《おばね》をつかまれたんだ。」ジャスティンがまた前後に動く。

親友としてジャスティン・ダニエルズがいたら、毎日がおもしろい。

それに、コーエン先生が担任《たんにん》だということも。

「搭乗《とうじょう》の準備《じゅんび》をして。」コーエン先生が、電気のスイッチをカチカチと押《お》して点滅《てんめつ》させる。これは、今やっていることをやめて、次《つぎ》の活動にうつるって合図《あいず》。

クラス全員《ぜんいん》のイスを、本物《ほんもの》の飛行機《ひこうき》の客室《きゃくしつ》みたいにならべる。通路《つうろ》のほかに機長《きちょう》や副操縦士《ふくそうじゅうし》、それにフライトアテンダント用の場所《ばしょ》もある。

コーエン先生がいつも機長。クラスの中で、運転免許《うんてんめんきょ》をもっているのは自分だけだからと先生はいうけど、いつも先生が機長をする本当の理由《りゆう》をあたしは

知ってる。あたしたちが、行く予定《よてい》の場所《ばしょ》にちゃんと着くようにしたいからだ。一度《いちど》ロジャー・ハートに機長《きちょう》をさせたことがあったけど、飛行機《ひこうき》が〈着陸《ちゃくりく》したとき〉ロジャーは、『ザイールに着きました』っていわなきゃならないのに、『ディズニーランドに着きました！』って、アナウンスしちゃった。

それでいまは、コーエン先生がいつも機長で、毎回ちがう子どもが副操縦《ふくそうじゅう》士《し》とフライトアテンダントに選《えら》ばれる。あたしの番がきたら、副操縦士がいい。何人かの男の子は、サルみたいにキーキーうるさくてがさつなうえに、子どもっぽい。それに、ピーナッツの入った小さな袋《ふくろ》をくばったりしたくないから。

ジャスティンはちがうけどな。ジャスティンとあたしは、みんなで書いた『フライト・マガジン』を読んで時間をすごす。中にのってるコーエン先生が作ってくれたクロスワード・パズルをといたりもする。

まあ、正直なところ、ときどきジャスティンだってサルみたいなことするけどね。

クラスのみんなは一列にならんで、コーエン先生にパスポートをチェックしてもらうのを待《ま》っている。

ハンナ・バートンが自分の写真を見つめる。

「わたし、この写真《しゃしん》きらい。どうして、家から自分の写真をもってきちゃいけないのか、わからないわ。」

いつだって、新しい国のことを勉強《べんきょう》しはじめる前に、あたしたちはそこに〈出かける〉。そして、そのたびにハンナは、パスポートの写真に文句《もんく》をいう。

「カンペキに、かわいくうつってるよ。」と、ハンナの写真を見ながらあたしはいう。

学校写真《しゃしん》の撮影《さつえい》よりあとに、転校《てんこう》してきたブランディ・コルウィン以外《いがい》は、あたしたちは学校写真を使《つか》っている。ブランディは、コーエン先生があとから写真をとった。

ハンナは首をふる。「〈うつってる〉だけじゃダメ。わたしは完璧《かんぺき》にかわいいの。この写真うつり、サイアク……。」

ハンナの訂正《ていせい》は無視《むし》することにきめる。

「コーエン先生が、あたしたちのパスポートを、本物《ほんもの》っぽくしたがってるのはわかってるよね。先生が、自分のパスポートを見せてくれたときのことを思い出して。ひどかったでしょ、でも、本物のコーエン先生は、あんなにひどくないじゃない。」

ハンナは顔をしかめて、それからにやっとわらう。

パスポートUSA
アンバー ブラウン
USA

「アンバー、あなたが学校写真《しゃしん》の日を忘《わす》れてて、ベッドからとび起《お》きて、てきとうな古い服《ふく》を着て、てきとうに指《ゆび》で髪《かみ》をととのえただけでうつってるからといって、ほかのみんなが、自分の写真のことを気にしてないっていうわけじゃないわよ。」

あたしはハンナの写真をじっと見た。長いブロンドの髪《かみ》はきれいにとかしてあって、すごくすてきな虹色《にじいろ》のリボンのバレッタまでついている。

自分の写真を見た。

茶色の目、ソバカスのついた鼻《はな》……。あたしの茶色で、ちょっとぼさぼさの髪は二つの太めの髪ゴムでとめられている。

あたしは普段着《ふだんぎ》。写真用のよそいきなんかじゃない。でも、じつは、お気にいりの服装《ふくそう》なんだ。パメラおばさんが、ロンドンに行ったときに買ってきてくれたロングT《ティー》シャツに、細身《ほそみ》の黒いパンツ。（写真にはうつってないけど、あたしがそのパンツをはいていたのは、おぼえてる。あたし、アンバー・ブラウンはすごく記憶力《きおくりょく》がいい！）

そんなにひどい写真ってわけじゃないけど、とにかく、その日に写真をとれるってことを忘れていたのは、ほんとう。コーエン先生が一万回くらい口でいって、二万回くらい黒板《こくばん》に書いたのに……。

そう、あたしはちょっと忘れっぽいかな。

それに、ハンナ・バートンのいうことが全部《ぜんぶ》正しいってわけじゃない。あたしは、髪の毛を〈てきとうに〉なんてしない。指でとかすことはあっても、〈てきとうに〉はありえない。

「おまえの写真、好《す》きだよ。」ジャスティンが、にやっとわらいかけてくる。

「どっから見ても、おまえらしいし、どう見えるかじゃなくて、どう行動するかがうつってる。」

「だらしない、ってことね。」ハンナがわらう。

ハンナの頭にくっついてる、バカバカしいリボンを、むしりとってやりたい。

「やめとけよ。」ジャスティンが、あたしの腕《うで》をひっぱる。

ジャスティンは、あたしが何を考えてるかだいたいわかっているし、あたしもジャスティンの考えていることが、わかっているところがいい。

先生がパスポートをチェックし、チケットを見て、それからジョーイ・フォルトゥナートがあたしたちを座席《ざせき》に案内《あんない》する。

みんなが座席についたら、ジョーイがシートベルトのしめかたとか、緊急《きんきゅう》時《じ》にはどうするのかを説明《せつめい》する。

コーエン先生がマイクを
もったふりをして、『一生《いっしょう》に
一度《いちど》の旅《たび》の、準備《じゅんび》はいいかい？』
って。
そして、さあ、出発《しゅっぱつ》だ——
すてきな青空のむこうへ。
あたしたち三年生は、中国へ
むかっている。

2章

中国。

すてきな旅《たび》の目的地《もくてきち》。

〈飛行機《ひこうき》〉が離陸《りりく》すると、あたしたちは中国についての映画《えいが》を見てから、旅《りょ》行《こう》のスクラップブックを作った。

ジャスティンとあたしは、旅行会社が送《おく》ってくれたパンフレットから、写真《しゃしん》を切りぬいてる。

写真を絵ハガキに作りかえて、あたしたちがほんとうに中国にいるみたいにする。それから、スクラップブックの『中国』のところに、大事なことを書きとめる。

ジャスティンが、ジャイアント・パンダの写真を取り上げていう。

「これを、気取《きど》り屋《や》ダニーに送ってやろうよ。」

「気取り屋ダニーって、あんたが部屋《へや》をいっしょに使《つか》うのをいやがってる、四歳《さい》の弟のこと？」あたしがパンダの写真を、絵ハガキにはりつける。

「おんなじさ。ひとりしかいない。」ジャスティンはうなずくと、絵ハガキをとりあげて書く。

楽しんでるよ。
おまえが、ここにいなくても、
ぜんぜん、くまらないよ！

「それ、『こまらない』でしょ。」あたしはジャスティンに教える。

ジャスティンは顔をしかめる。「パンダなら、〈くまらない〉がいいんだけどな。気にするなよ。ダニーはどっちにしても読めないから。」

「あんたの、きたない字だとね。」あたしはそのなぐり書きをじっと見た。

ジャスティンはパンダをはったハガキを見おろす。

「おれがはるよ。おまえが書いて。」

ハガキについたのりのかたまりを見ながら、「きたないかな……。」って思った。もし、「きれいなこと。」っていうのが、大切なら、あたしにかんしてはぐちゃぐちゃ。

ジャスティンは、あたしと反対《はんたい》で、はるのはすごくうまい。

あたしは字を書くほうがずっとまし。

あたしたちがすごくいいチームだという一例《いちれい》だ。あたしとジャスティンは、おたがいに助《たす》け合《あ》っているし、また、一緒《いっしょ》に学んでいる。どちらかかたほうが先にできるようになると、あたしかジャスティンが、もう一人《ひとり》を手伝《てつだ》う。あたしが最初《さいしょ》に『し』の字を勉強《べんきょう》したとき『J』じゃないよと、ジャスティンに教えた。ジャスティンは、あたしが半分《はんぶん》くらいしかわかっていない分数を教えてくれる。読書会で助《たす》けがいるときは、おたがいに教え合う――すばらしいチームだ。

ジャスティンは、はりつづける。

あたしは、字を書きつづける。

ふたりで、ジャスティンのお父さんに一枚の絵ハガキを〈送《おく》った〉。ジャスティンのお父さんは、いま新しい仕事《しごと》について、アラバマで一人ぐらしをしている。ジャスティンとダニーとお母さんはここ、ニュージャージーにいる。家が売《う》れるまでだけど。

家が売れるのに、けっこう長い時間かかっている。

これは内緒《ないしょ》だけど、あたしはうれしい。

ときどきジャスティンは、ちょっとさみしそうにしている。

それは、うれしくない。

ジャスティンが、お父さんがいないことを、どう感《かん》じてるかあたしにはわかる。あたしの両親《りょうしん》が離婚《りこん》したとき、父さんは遠《とお》くに引っこしてしまった。外国だから、会えないし、電話もほとんどかかってこない。でも、ジャスティンはまだめぐまれている。お父さんは週末《しゅうまつ》になったら帰ってくることもあるし、電話もしょっちゅうかかってくる。

だから、ジャスティンがお父さんに会いたがっているのはわかっているけど、あたしはこのままずっと、ジャスティンの家の買い手がつきませんようにと、いつもこっそりいのっている。それからもう一つ、ジャスティンのお父さんが、こっちで仕事《しごと》を見つけて、またもどってきますようにって。

テーブルの反対側《はんたいがわ》で、ジミー・ラッセルとボビー・クリフォードがけんかしている。

「いいか、まぬけやろう、おれは茶色のクレヨンがいるんだ。」ジミーが、ボビーのそでをひっぱる。「もう、四十七回もたのんでるぞ。」

「そして、その四十七回とも、まだ使《つか》ってると、いっただろ、ばかやろう。」ボビーはクレヨンを使いつづける。「べつの色を使えよ。」

「おれは茶色がいるんだよ。」ジミーが、青のクレヨンを床《ゆか》に投《な》げつけた。

ジミーとボビーは幼稚園《ようちえん》のころから、ずっとけんかしている。

コーエン先生がふたりに「いいかげん、けんかは卒業《そつぎょう》するように。」っていってるけど、ふたりはしてない。

「茶色だ、ちゃいろ、おれはブラウン[*1]がいるんだ。」ジミーがくりかえす。

ボビーは寄《よ》り目《め》をして、べーっと舌《した》を突《つ》き出《だ》すと、茶色のクレヨンをしっかりと胸《むね》の前でにぎりしめた。

「バーカ！」ジミーは両耳《りょうみみ》をぴくぴく動かした。

「そんなに、ブラウンがいるなら。」ボビーはあたしを指《ゆび》さして「アンバー・ブラウンの頭を使《つか》えよ。アンバー[*2]もブラウンも茶色なんだからさ。」

あたしはボビーをにらみつけた。

＊1　英語《えいご》で「茶色」という意味《いみ》。
＊2　英語で「茶色がかった黄色・あめ色」という意味。

「あたし、アンバー・ブラウンはクレヨンじゃない。アンバー・ブラウンはれっきとした人間よ。」

ジミーとボビーがゲラゲラわらう。

あたし、アンバー・ブラウンは、名前のことでからかうやつにうんざり。もっと小さかったころ、ジェニファーとかティファニーとかチェルシーみたいなふつうの名前を、両親《りょうしん》がつけてくれたらよかったのにって思ってた。

でもいまは、自分の名前がすごく気にいってる。

だけどまぬけなやつらが、あたしの名前をからかうのを、がまんしないといけない。

コーエン先生が電気をパチンと消《け》して、またつけた。

「中国での昼ごはんだよ。机《つくえ》の上をかたづけて。」

みんな、大いそぎできれいにする。

ボビーがあとで使《つか》うのに、茶色のクレヨンをポケットに入れるのを、あたしは見た。

アーミテージさんと、バートンさん、それにホプキンスさんが教室に入ってくる。

ボランティアのお父さんやお母さんたちが、テイクアウトの中華料理《ちゅうかりょうり》をもってきてくれたんだ。あたしたちは、「中国《チャイナ》で中華料理」を食べる。けれど、料理が盛《も》ってあるのは、チャイナじゃなくて、紙皿《かみざら》だ。あ、チャイナって、瀬戸《せと》物《もの》の器《うつわ》っていう意味《いみ》なんだって。

あたし、アンバー・ブラウンは、おはしを使うのはうまくない。食べものはおはしで突《つ》きさして、チャーハンはフォークですくう。

食べ終わったら、あたしとジャスティンはおはしを剣《けん》にして、〈チャンバラごっこ〉をする。

それから、コーエン先生が*フォーチュンクッキーをくばってくれる。

クッキーをわって、中に入ってる〈おみくじ〉を読む。

経験《けいけん》は最良《さいりょう》の教師《きょうし》である

あたしは〈おみくじ〉を掲《かか》げて、コーエン先生に見せた。

「あたしは先生こそが、最良の教師だと思います。ケイケンって、だれなんですか？」

＊ おみくじが入ったクッキー。アメリカやカナダの中華料理《ちゅうかりょうり》店《てん》でよく出る。

コーエン先生はにやりとわらって、ジミーとボビーのけんかの仲裁《ちゅうさい》にむかう。
ジャスティンは〈おみくじ〉を机《つくえ》の上においた。
ジャスティンは、じっと黒板《こくばん》を見つめている。
あたしは、その〈おみくじ〉をとりあげた。
こう書いてある。

もうすぐ、あなたは新しい旅《たび》に出て、
新しい人生がはじまるでしょう

あたしは〈おみくじ〉をおろす。
ふいに、気分が悪《わる》くなった。

パサパサのフォーチュンクッキーのかけらが、のどにつまったみたいになる。

あたし、アンバー・ブラウンは、フォーチュンクッキーの占《うらな》いがまちがっていてほしいと願《ねが》ってる。

3章

「おやつにしよう。」ジャスティンがキッチンのテーブルにオレオ・クッキーの袋《ふくろ》を出した。

あたしは袋をピリッとやぶって、クッキーを一つ出すと、真ん中のクリームがはさんであるところで二枚にはがす。はさんであるクリームだけを、あたしは食べた。

「うまい！」といって、のこったクッキー部分《ぶぶん》をジャスティンに手わたす。

ジャスティンが、クッキーを食べる。

「うまい！」とジャスティン。

あたしは二つ目をとり、クリームを食べる。

ジャスティンとあたしは、幼稚園《ようちえん》のころからこんなふうにして、オレオ・クッキーを食べてきた。

あたしたちは、〈チームワーク〉っていってる。

ハンナ・バートンは〈きたない〉っていう。

ジャスティンのお母さんがキッチンに入ってくる。

ダニーがくっついてる。

「レゴで遊《あそ》んでよ。」

「レッグ（脚《あし》）とレゴ。どうちがう？」ジャスティンは、弟のほうに歩いていって、ダニーの脚をひっぱる。

あたしにも、ちょっかいをかけられるような、小さな弟か妹がいたらなあ。一人《ひとり》っ子じゃなかったら、よかったのに。だけど、まあ、いいか。だって、いつでもダニーをからかえるから。

ジャスティンのお母さんが、ダニーにいう。

「おもちゃはあとにして。いまはちらかさないでほしいの。もうすぐ不動産屋《ふどうさんや》さんが、家を見たいっていう人を連れてくるから。」

急《きゅう》に、ダニーをからかうのなんてどうでもよくなった。あたしは、こっそり

＊指《ゆび》を交差《こうさ》させて、一生懸命《いっしょうけんめい》いのるほうがめちゃめちゃ大事に思えた。見にくる人が家を気に入りませんようにとか、予定《よてい》より家が大きすぎるか、小さすぎるって思われますようにとか、買えるだけのお金がありませんようにとか。
玄関《げんかん》のチャイムが鳴った。

「ふたりで、ダニーと遊《あそ》んでもらえる？」ジャスティンのお母さんはそうたのむと、玄関《げんかん》に出ていった。

「クッキーだ！」ダニーがセサミ・ストリートのクッキー・モンスターのものまねをする。

「オーケー、ウォルター。」あたしはクッキーをひとつわたす。

＊ アメリカなどで使われる、幸運《こううん》をいのるおまじない。

OREO
OREO

ウォルターというのは、ダニーの本当の名前。だけど、もっと小さいころのダニーは、ウォルター・ダニエルズという自分の名前がいえなくて、それからずっと自分のことを、ダニー・ダニーってよんでいる。

その名前が定着して、いまではみんながダニーってよぶ。ジャスティンとあたしが、あの子をからかうとき以外《いがい》は。

ダニーが歌いはじめた。

「アンバー・ブラウンはクレヨン……クレヨン……クレヨン……おれちゃったおんぼろクレヨン！」

あたしが名前のことでからかわれるのがどんなにいやか、ダニーに教えるべきじゃなかったと、チクッと後悔《こうかい》した。

いい返《かえ》される可能性《かのうせい》があるなら、だれかを名前のことでからかうのは、たぶん……、ううん、ぜったいに良《よ》くない。

あたしたちはもう少しクッキーを食べてから、プラスチックのボウルをおいて、そこにクッキーを投《な》げ込《こ》む遊《あそ》びをはじめた。

「二点、ゲット！」クッキーがボウルの縁《ふち》をくるんとまわって入ると、あたしはさけんだ。

「まあ、上手ね！」知らない声がいった。

顔をあげると、おなかがすごく大きな女の人が、あたしの技《わざ》に拍手《はくしゅ》かっさいしている。

「アンバーはクッキー・オリンピックに出て、金メダルを目指《めざ》すといいかもな。」ジャスティンがにんまりする。

「ブラッドリィさんがキッチンを見学するあいだ、あっちの部屋《へや》で遊んだらどう。」と、ジャスティンのお母さんが身振《みぶ》りで合図《あいず》しながらいった。

「だいじょうぶよ。子どもたちがいてもちっともかまわないわ。わたしにも四歳《さい》になる子がいるの。」ブラッドリィさんはおなかをポンとたたいてこういった。「それに、もう二、三か月で生まれる子が、ここにいるわ。だから、キッチンは子どもたちが遊ぶところ、っていう考えかたもいいと思う。」ブラッドリィさんがあたりをみまわした。

あたしは、ブラッドリィさんに地下室のドラゴンとか、壁《かべ》のなかの幽霊《ゆうれい》とか、天井《てんじょう》うらにいるオバケとかのことを話そうかと思った。

「ほんとうにすてきなしつらえね。」ブラッドリィさんが回転《かいてん》テーブルのついた棚《たな》を見ながらいった。

「ありがとう。」とジャスティンのお母さんがいう。「わたしたち、ここでのく

らしが本当に好《す》きだったの。次《つぎ》の家族《かぞく》もきっと気にいるわ。」

ここに、次の家族なんて、きてほしくない。

キッチンを改装《かいそう》するとき、みんなで壁紙《かべがみ》や材料《ざいりょう》をながめてどんなふうにうろうろしていたかとか、あたしはおぼえてる。

ジャスティンのお母さんは、家にいる人みんなが毎日見るわけだから、みんながかざりつけを手伝《てつだ》っていいといってくれた。あたしは家族同然《どうぜん》だったので、手伝《てつだ》わせてもらえた。

ジャスティンとあたしは野球《やきゅう》選手《せんしゅ》の壁紙《かべがみ》がいいっていったけど、それはだめだった。

かわりに、壁一面花畑《かべいちめんはなばたけ》になった。

ブラッドリィさんがいった。

「よければすぐにでも、この家を夫《おっと》に見てもらいたいんだけど。」

すぐにでも……。これは大変《たいへん》だ。

あたしはがまんできない。

「トイレから顔を出すワニのこと、気にならないといいんですが。」

ブラッドリィさんはびっくりしたみたいだったけど、あたしを見て、にやりとわらって。

「トイレのワニですって？　なかなかいいオマケね。」

ブラッドリィさんとジャスティンのお母さんは、顔を見合わせてにっこりする。

これは、たしかによくないしるし。

大人たちは部屋《へや》を出ていく。

ジャスティンとダニーとあたしは、クッキー・バスケットボールをつづける。あたしたちは、すべて今までどおりというふりをしてる。あたしは、あんまりくよくよしないようにする。なんだかんだいっても、いままでたくさんの人が家を見に来たけど、売《う》れなかったんだから。たぶんブラッドリィさんのだんなさんは、この家が気に入らないだろう。見に来るときには、あたしもその場にいたい。オオシロアリの話を絶対《ぜったい》にしてやる。

ジャスティンのお母さんがもどってきた。

「アンバー、今夜は一緒《いっしょ》に夕食をどう？　お母さんに電話して、一緒に食べられるか聞いてあげる。ピザを注文《ちゅうもん》しましょう。」

「はーい。」あたしはちょっと気分がよくなって、返事《へんじ》した。

一緒《いっしょ》に夕ごはんを食べるのは、よくあることだ。とくに、あたしの両親《りょうしん》が離婚《りこん》してから。

あたしは、母さんが仕事《しごと》から帰ってくるまでジャスティンの家ですごして、母さんも一緒に夕ごはんを食べる。ピザはジャスティンとあたしの好物《こうぶつ》のひとつ。

ジャスティンのお母さんが電話をしてくれる。

母さんは了解《りょうかい》と返事《へんじ》をした。

それから、こんどはピザ屋《や》さんに電話する。

「チーズたっぷりにマッシュルーム、それにソーセージのピザをお願《ねが》いね。」

ジャスティンとあたしが、同時にさけぶ。

「それから、*アンチョビは抜《ぬ》きで！」

あたしたちはわらう。アンチョビ抜きにしそうな人はどんな人か、想像《そうぞう》しながら。

ほんのちょっとの間、ジャスティンの家が売《う》れるかもしれないってことを、あたしは忘《わす》れた。

* カタクチイワシを塩《しお》づけにして、オリーブオイルにつけたもの。

4章

「ピョン、ピョピョン……ピョン、ピョピョン……。」

ジャスティンが学校からの帰り道、あたしのまわりをはねまわる。

あたしはいい気分だ。だって、おまじないがきいたのか、ブラッドリィさんから連絡《れんらく》があったという話は聞かない。

あたしは、ジャスティンのおかしなふるまいは、わざとしらんぷりする。

「それで、ジャスティン、レポートにはどの本を使《つか》うの？」

「ピョン、ピョピョン……ピョン、ピョピョン……………ピョン、ピョピョン……。」

ジャスティンが、あたしのまわりをとびはねる。円をえがきながら。

「『ピョン、ピョピョン』なんて、そんな本、読んだことないよ。作者《さくしゃ》はだれ?」

ジャスティンの目をじっとのぞきこんで、あたしはからかってやろうと思った。

でも、自分のまわりをとびはねられると、やりにくい。

二ブロック以上《いじょう》、いっしょに歩いた。あたしがしゃべる。ジャスティンがピョンピョンし、あたしはしゃべる。

「『シャーロットのおくりもの』を読んで、ジオラマ*を作ろうとおもうの。」

あたしは、スキップする。

「ジオラマって、アンデスにいるラマのお尻《しり》の病気《びょうき》みたいだな。ジ・ノ・ラマ、なんちゃって……。ピョン、ピョピョン……ピョン、ピョピョン……。」

ジャスティンが、あたしのまわりをとびはねつづける。

* 背景《はいけい》つきの立体模型《りったいもけい》。

あたしは、ジャスティンの足をふんづけようとした。

「ねえ、バカみたいなことやめて。ふたりで、開拓者《かいたくしゃ》についてレポートしたとき、ジオラマを作ったじゃない。とぶのをやめて、ちゃんと話して。」

「ピョ、ピョピョン、ピョ、ピョピョン……。」

つかまえてみろっていう感《かん》じで、ジャスティンはもっと早く

とびはねた。

「いいかげんにしてよ！」あたしはさけぶ。「やめて。頭がへんになりそう。いったい、**なにを**やってるの？」

ジャスティンがとまった。

「オーストラリア旅行《りょこう》に行くときのために、カンガルーになる練習《れんしゅう》さ。コーエン先生が、あと三週間ほどしたら行くっていってる。」

「三週間も前から、カンガルーになる練習《れんしゅう》しなくて、いいんじゃない？」あたしは頭を振《ふ》った。「ジャスティン、あんた、頭がいかれちゃうときがあるよ。」

ジャスティンは木のほうに歩いていって、落ちていた葉《は》っぱをひろう。

「いいや、実《じつ》は合間《あいま》に、コアラになる計画も立てている。」

「やめて！」ジャスティンが葉っぱを口に入れたとたん、あたしはさけんだ。

にやにやわらいながら、ジャスティンが口にもっと葉っぱを押《お》しこむ。

「ジャスティン・ダニエルズ、やめなさい！」あたしは、ジャスティンの目の前で指《ゆび》を振《ふ》りながらいう。「あんた、わかってないの？　葉っぱのうえを気もちの悪《わる》い虫たちがもぞもぞはいまわったり、鳥たちがフンを落としたり、じゃなきゃ……。」

「もういいって。」ジャスティンが、口の中の葉っぱを吐《は》きすてながらいう。

あたしは、やめられそうにない。あたし、アンバー・ブラウンは、コーエン先生から『想像力《そうぞうりょく》たくましい』っていわれるくらいだもん。

「それとか、犬が葉《は》っぱのところにやってきて……。」

「そいつはオエッとくる。」ジャスティンが顔をしかめた。

あたしは、どういたしまして、とおじぎをしてつづける。

「それに、もし毒《どく》のあるツタを食べちゃったり、立枯病《たちがれびょう》にかかったり、それとか、母さんがいってた何とかいう木の病気《びょうき》にかかったらどうするの。」

ジャスティンがあきれたように首を振《ふ》る。

「アンバー・ブラウン、おまえ、まるっきり心配《しんぱい》のかたまりだな。」

「あんたがそんなことというのが、すごく心配なのよ。」

そういって、べーって舌《した》を突《つ》き出《だ》してやった。

ジャスティンは鼻《はな》をひくひくさせて、やっぱりべーって舌を突き出した。

あたしは、耳をぴくぴく動かして、鼻もひくひくさせて舌をべー。

ハンナ・バートンとブランディ・コルウィンがあたしたちを追《お》い抜《ぬ》いていく。

ハンナがいうのが聞こえる。「ほんとに、ガキなんだから！」

「ありがとう、ございまーす！」

あたしたちは同時にさけんで、おじぎをした。

「めちゃくちゃ、ガキね！」ハンナがあきれる。

ブランディはにやりとわらって手をふると、通りをくだっていく。

「ピョン、ピョピョン……ピョン、ピョピョン……。」ジャスティンがあたしを見ていう。「競走《きょうそう》する？」

「うん。」あたしはとなりにならぶ。「位置《いち》について……、用意《ようい》……**ピョン**！」

あたしたちは、ジャスティンの家まではねていく。

「あたしの、勝《か》ち！」ジャスティンの家の前に先に着くと同時に、あたしはさけんだ。

ジャスティンは、はねるのをやめた。

あたしは、もう一度《いちど》いう。

「あたしの勝ちよ。ふたりのルールをおぼえてるよね。さぁ、『おまえの勝ち』って、いって。そして、ゲップするんでしょう。やってよ。いつも、やってるみたいに。そうしてるじゃない。」

ジャスティンは、何もいわない。

ゲップもしない。

ジャスティンは、しばふに立ったまま、何かをじっと見ている。

いったい、何を見てるんだろう、あたしは振《ふ》りむいた。

【売出《うりだ》し中《ちゅう》】と書いてある、しばふの立札《たてふだ》の上に、【売約済《ばいやくず》み】のステッカーがはられていた。

突然《とつぜん》、あたしは勝《か》ってなんかいないんだ、っていう気分になった。

5章

「それで、おまえの彼氏《かれし》はどこなんだ？」水曜日の朝、ジミーがあたしの机《つくえ》にやってきて、からかう。「どうして、三日も学校を休んでるんだ？　おまえにうんざりしたのか？」

「そっとしておいて。」ブランディがジミーにいう。「いじわるね。コーエン先生が、ジャスティンとお母さんと弟は、お父さんに会いに行って、新しい家をさがすっていってたじゃない。」

あたしは、さりげなく髪《かみ》の毛《け》をつまんで口にくわえた。

「みんな、昨日《きのう》の夜は本当におそかったの。霧《きり》か何かで、すぐに着陸《ちゃくりく》できなくて、乗継《のりつぎ》がうまくいかなかったか何かで、結局《けっきょく》帰ってきたのは朝の三時だった。

ジャスティンのお母さんが、今朝うちの母さんに電話をかけてきていってたの。みんなは、今からひとねむりするって。」

「わぁ！　それって、すごくおもしろそう！」とブランディがいう。「もちろん、えっと、ジャスティンの旅行《りょこう》がってことよ。これから寝《ね》るってところじゃなくて。」

「ええ、おもしろいわね〜。」あたしは、母さんが『ちっちゃなアンバーの、いや味《み》たっぷり声』って呼《よ》ぶ声で、あいづちをうった。ジャスティンは、あたしより先に本物《ほんもの》の飛行機《ひこうき》に乗《の》った。たしかに、人生っていうのは、ここ数日か、またはここ数年は平等《びょうどう》じゃない……。

コーエン先生が電気のスイッチを消《け》して、もう一度《いちど》つけた。

「中国の課題《かだい》をつづけて。」

あたしは机《つくえ》の中に手をのばして、ピーナッツ・バターとM&M《エムアンドエムズ》チョコのサンドイッチを引っぱり出す。母さんが寝坊《ねぼう》をして、自分でランチを作ってみるようにといわれた日のアイデア作だ。

サンドイッチを見て、ジャスティンが行く前に教えてくれたジョークを思い出した……あんまりまぬけで、M&Mチョコの工場で、おもてにW《ダブリュー》って書いてあるチョコを廃棄《はいき》する仕事《しごと》をクビになった人の話。

スクラップブックの下に、返却《へんきゃく》のおくれた図書館の本を見つけた。その本をながめながら、ジャスティンが「中国の課題《かだい》」を終わらない可能性《かのうせい》があるって、気がついた。あたしがすぐに、ジャスティンに絵ハガキを出すことだって、ありえるかもしれない。

あたしはスクラップブックの作業をしようと思ったけど、むだだった。できない。つらすぎる……。

大人《おとな》になって、昔《むかし》のことを思い出すことがあっても、この三年生のことは一番に忘《わす》れてやる。

三年生は人生で、絶対《ぜったい》に最悪《さいあく》の年……とっても、とっても、とっても最悪！

ずっと前、あたしの両親《りょうしん》がいつも以上《いじょう》にケンカをしはじめたとき、これ以上悪いことはないと思った。

両親が、台所のテーブルのところにいっしょにすわって、離婚《りこん》するつもりだってあたしにいったときも、もうこれ以上悪くなるはずないって思った。

そのあと、長い間、あのテーブルにつくたびに、あたしのおなかはしくしく痛《いた》くなった。

会社が、父さんを少なくとも一年は、フランスに転勤《てんきん》させるつもりだっていっ

たときは、これ以上《いじょう》のひどい年はないと思った。

物事《ものごと》がほんのちょっとうまくいきかけたとき、こんどはジャスティンのお父さんに、新しいすごい仕事《しごと》がまいこんだ。

ジャスティンとあたしは、その仕事を引き受けないでってたのんだ。ジャスティンはおこづかいを減《へ》らしてかまわないといった。あたしも、自分のおこづかいのいくらかを、ジャスティンのお父さんにあげてもいいとまでいった。

だけど、だめ。ジャスティンのお父さんは仕事を引き受けた。報酬《ほうしゅう》もいいし、大チャンスだからとても断《ことわ》れないって。

あたしの人生最悪《さいあく》の日々の一つは、不動産屋《ふどうさんや》さんがジャスティンのうちのしばふに、【売出《うりだ》し中《ちゅう》】の立札《たてふだ》を立てたときだと思う。

だけど、しばらくはよかった。数か月の間はだれも家を買わなかったから。

家が売《う》れないのが、すごくうれしいって思うのは、ちょっぴり後ろめたかった。ううん、正直にいうと、ちっとも後ろめたくなんてなかった。

それで、いまはこんなことになっている。

ブラッドリィさんが家を見て、ほしいと思った。そして、だんなさんも家を見て、やっぱりほしいと思って、ふたりは家を買った。

二週間ほど前、看板《かんばん》の【売約済《ばいやくず》み】のステッカーを見るまで、あたしはすごく前むきだった。でも、あの日は人生でほんとにほんとの最悪《さいあく》の日だと思った。

だけど実際《じっさい》は、人生で「**最悪の日のはじまり**」でしかなかった。

ジャスティンとお母さんはすごく忙《いそが》しくて、あまりかまってくれなくなった。遊《あそ》びにいっても、ずっと荷《に》づくりばかり。

そして、ジャスティンは遊ぶけど、自分たちがどんなふうに本当は旅立《たびだ》っていくとかは、ぜったいに話さない。

ジャスティンがいっちゃうことを考えるとすごくかなしくなって、ジャスティンがいなくなることで、何かよくなることを考えようとした。母さんは悪いときでも、一つくらいいいことを見つけられるようにしなさいって、いつもいってる。

一つでもいいことを思いつくのに、ずいぶんかかった。そして、それはこうだ。

ジャスティンがいってしまうと、ジャスティンの机《つくえ》もあたしの荷物《にもつ》おきに使《つか》える。だけどそれって、あたしが自分の机《つくえ》をきれいにしなくてすむということだ。

ちらかし屋《や》のあたし、アンバー・ブラウンだけど、ジャスティンがここにいてくれさえすれば、毎日机《つくえ》の上をきれいにする。

ジャスティンがいってしまうことで、うれしくなる理由《りゆう》なんて、考えようとしたけど、一つも思いつかない。

ジャスティンが、あと一週間と二日学校に来て、本当に行ってしまったら、何がどうなるんだろう。

何を見たらいいのか、何を感《かん》じたらいいのか、わからない。

あたし、アンバー・ブラウンは、ぜったいにとっても不幸《ふこう》な人類《じんるい》の一人《ひとり》だ。

6章

ジャスティンが教室に入ってきたとき、あたしは分数のプリントを半分くらい終わっていた。

ジャスティンがもどってきたのもあるけれど、分数の問題《もんだい》、

$\frac{2}{3} = \frac{?}{6}$ という問題をとくのを手伝《てつだ》ってもらえるのが、すごくうれしかった。

ジャスティンは自分の席《せき》につく。

あたしは、木でできた分数の積《つ》み木《き》を手わたす。

「おかえり。」

にっこりわらうと、ジャスティンはあたしのプリントをながめた。

「こたえは4。」

コーエン先生がやってきて、ジャスティンにもプリントをわたしていう。

「おかえり。どうだった?」

「よかった!」ジャスティンがナップサックに手を突《つ》っ込《こ》むと、〈アラバマ〉って書いてある鉛筆《えんぴつ》をとり出した。「これは、コーエン先生の旅《たび》のコレクションに!」

よかった? よかった! よかったって何? どういうことよ! あたしがここで、ジャスティンがいないさみしい時間をずっとすごしてきたのに、ジャスティンは〈よかった!〉ですって……。

ジャスティンがにっこりする。

「いろんなことがあった。」

コーエン先生は、ジャスティンのほうへかがみこんで、こっそりたのんだ。

「あとで、どんなことがおきたかを、クラスのみんなに話してやってくれないかな? そんなことしなくていいって、思うかもしれないけど、もし、話してもいいなら、きっと楽しかったことをみんなと共有《きょうゆう》できるよ。」

「わかりました。」とジャスティンがうなずく。

コーエン先生が歩いていくとき、先生がジャスティンに、そんなことといわないでくれたらよかったのに、と思った。ジャスティンは、まずあたしに話してほしい。みんなとじゃなくて、共有するなら、あたしとだ。

あたしは、ジャスティンのほうをみる。

ジャスティンは、算数のプリントをすらすらやっている。

あたしは自分のプリントに目を落とし、それから鉛筆の頭をかじりだした。

ジャスティンが、あたしにも新しい鉛筆《えんぴつ》をくれたら、よかったのにな。

ジャスティンは、自分の算数の問題《もんだい》を終えてしまうと、あたしのプリントを取り上げて、チェックする。

二つ間違《まちが》いを見つけて、どうやったら直せるかを教えてくれて、のこりを手《て》伝《つだ》ってくれた。

分数は苦手《にがて》……。

でも、実際《じっさい》のところ、分数が一番苦手っていうわけじゃない。一番きらいなのは、芽《め》キャベツ。二番目は、鼻《はな》クソをほじってそれを口に入れる子を見ること。三番目は、大切な人がいなくなること。

コーエン先生が電気を消《け》して、またつけた。

「そろそろ課題《かだい》はおしまいだよ。何か質問《しつもん》のある人は、手をあげて。のこりは宿題《しゅくだい》にしてよろしい。」
みんなやり終えた。
ジャスティンとあたしも終わっていたので、ふたりで〈三目《*さんもく》ならべ〉をして遊《あそ》んだ。
あたしの勝《か》ち！
ふたりで、ジャスティンが机《つくえ》の中にしまっているスコアカードに記入する。
小学校に入ってからの、ふたりの記録《きろく》がつけてある。
二二〇対《たい》一九九。あたしがリードしている。
電気が消《き》えて、またついた。

＊ 九つのマスに○と×をならべるゲーム。たて・よこ・ななめ、どれかに自分のマークがならんだら勝ち。

「机《つくえ》の上をかたづけて。ちょっと、聞いてほしい。ジャスティンが旅行《りょこう》の話をしてくれる。」

みんなの準備《じゅんび》ができる。そして、ジャスティンが教室の前に出ていく。

ジャスティンは、きっとぜんぶ話さないで、あたしにだけ話すことをのこしておいてくれるはず。

ジャスティンが話し出す。

「ぼくたちは、土曜日の朝、めちゃくちゃ早く家を出ました。」

ジャスティンの新しいトレーナーは、胸《むね》に〈アラバマ〉って書いてある。

個人的《こじんてき》には、そのトレーナーは気に入らない。

あたしが知ってるトレーナーを、着ていてくれればいいのに。

ジャスティンがつづける。

「飛行機《ひこうき》の旅《たび》は本当におもしろかった。離陸《りりく》する前に、フライトアテンダントがぼくを、一番前まで案内《あんない》して、コックピットを見せて機長《きちょう》にも会わせてくれた。ぼくに、からだにつける翼《つばさ》をくれたよ。」

「天使《てんし》みたいだな。」とジミーがさけぶ。「じゃあ、光《ひかり》の輪《わ》は、どこにあるんだ?」

「ジミー!」コーエン先生が『やめなさい』っていう感《かん》じでいう。

「これだよ!」ジャスティンは、トレーナーにつけているピンバッジを指《ゆび》さした。「それから、ぼくらが席《せき》について飛行機が動き出したら、ぼくらの前の女の人がエチケット袋《ぶくろ》に吐《は》きだして……。」

「グエッ!」「オエッ!」「ゲロゲロ!」そして「ウエッ!」クラスの中から、いろんな合いの手が飛《と》んできた。

コーエン先生はいった。

「ジャスティン、つづけて。ふゆかいな話ははぶいて。」

ジャスティンはつづける。

むかえにきたお父さんと空港《くうこう》で会ったこと、ゲームコーナーやプールにルームサービスなどなんだってあるホテルに泊《と》まったこと。

それから、お父さんがどんなふうにして、たくさんの家をさがしたかを話し、なかでもおすすめの一軒《いっけん》を見学しに行ったことを話した。

そして、家族全員《かぞくぜんいん》が気に入る家を見つけたこと。

つまり、アラバマに出かけた最初《さいしょ》の日に、家を見つけてしまったのだ……。

家を買うっていうのは、もっともっと長い時間がかかると思ってた……。

その家がどんなに大きいかとか、自分とダニーはそれぞれ自分の部屋《へや》があって、自分の部屋なら、お母さんが壁紙《かべがみ》を野球選手《やきゅうせんしゅ》の絵柄《えがら》にしていいといったとか、裏庭《うらにわ》はバスケットボールゴールもある特別《とくべつ》の場所《ばしょ》だとか、説明《せつめい》した。

「近くに、子どもはいる？」ハンナが質問《しつもん》する。

ブランディがハンナの腕《うで》をおさえる。

「何するのよ？」ハンナはブルドーザーにでもひかれたみたいに、大げさに腕をこすった。「わたしは簡単《かんたん》な質問をしただけよ。」

ブランディがあたしのほうをちらっと見る。

あたしは平気な顔をして、前を見てる。

うろたえてないって証明《しょうめい》するために、ハンナの質問をくり返《かえ》してやった。

「近所《きんじょ》に、子どもはいるの、ジャスティン？」

ジャスティンはうなずく。

「いっぱいいる。おとなりは五人の子どもがいるんだ。二人はダニーのベビーシッターになれるくらい大きい。一人《ひとり》はおれと同い年で、ジョン。みんなはジュニアってよんでる。それから一人はダニーと同じ年で、ジム・ボブ。」

「ふたごなの？」ティファニー・ショーダがたずねる。

「ちがうよ。」ジャスティンは説明《せつめい》する。「アラバマじゃ、ファーストネームを二つもっている人が多いんだ。」

すごいとあたしは思った。つぎは、あたしたちがジャスティンのことを、「ジャスティン・ボブ。」って、呼《よ》びはじめないとね。

ジャスティンは話をつづける。

お父さんがはたらく大学のこと。ものすごく大きな娯楽室《ごらくしつ》があって、数えきれないほどのゲームがあることなど。

それから、ジャスティンは転校先《てんこうさき》の学校にも行ったそうだ。**新しい**学校だって。

そこでは、みんな自分の机《つくえ》だけではなくて、自分のロッカーまであり、まだできて数年しかたってないこと。今の学校は三年生がたった一クラスだけど、あっちは四クラスもあること。カフェテリアでしっかり食事が出るから、お昼ごはんはもっていかなくていいことや、その学校はエアコンがついていることなんかも。

ジャスティンは、べらべらとしゃべりつづける。

あたしは、ジャスティンが大事なことをいってくれたらいいのにって、ずっと待《ま》っている——新しい学校にも、ご近所《きんじょ》さんにも、**あたし、アンバー・ブラウンがいないんだよ**って。

だけど、ジャスティンはぜんぜんいってくれない。

アラバマ
ALABAMA

7章

ジャスティンの家は、大きな竜巻《たつまき》に巻《ま》き込《こ》まれたみたい。それから、台風にもおそわれ、地震《じしん》にみまわれ、あげくのはてに、隕石《いんせき》が落ちてきたって感《かん》じ……。

「まるで、ゴミすて場だわ。」ジャスティンのお母さんがキッチンを見まわしていった。

そこらじゅうに、物《もの》がちらばっている。お鍋《なべ》にフライパン、それからたくさんのお皿《さら》。食品の箱《はこ》がいくつも。いろんな調味料《ちょうみりょう》も……。

本当にすごい。このちらかりようは、さすがに段《だん》ちがい！　普段《ふだん》のあたしの部屋《へや》がこんな感《かん》じだけど、ジャスティンの家のちらかりようは半端《はんぱ》じゃない。

といっても、何もかもが段《だん》ボールの箱《はこ》に入っているので、ふだんならちらかっ

すてる
すてる
3
4
5

ているとはいわないんだけど……。

ジャスティンのお母さんがため息《いき》をついた。

「みんな、お願《ねが》いだからじゃましないで。わたしたちは、あと二週間と半分でここから出ていかなきゃならないんだから。」

あたしは、この瞬間《しゅんかん》、ここにいたくなくなった。でも、土曜日なのに、母さんはあと二、三時間は仕事《しごと》からもどらない。

あと二週間と半分……。

ジャスティンたちが、本当に引っこしをするんだとわかったとき、「引っこし」という考えに慣《な》れるまで、まだ五週間もあったのに、もう半分がすぎてしまった。

ジャスティンは、自分がいってしまうという事実《じじつ》について、あたしと絶対《ぜったい》に話をしない。

ジャスティンは、まるで何も変《か》わらないみたいにふるまってる。あたしは、引っこしのことをずっと話したいと思ってる。ジャスティンは、話したくないんだろう。

おかげで、頭がおかしくなりそう。

あたしが、引っこしの話をしようとするたびに、ジャスティンは一緒《いっしょ》に遊《あそ》ぼうとか、何か作ろうとか、テレビを見ようといいだす。

「ジャスティン、あたし、あんたと話したいの。」というたびに、ジャスティンは「おれは、話したくない。」って。

どうしていいか、わからない。

母さんにこのことを話そうかとも考えたけど、母さんだって、ジャスティンたちが引っこししてしまうことで、もうすっかり落《お》ち込《こ》んでいる。

母さんとジャスティンのお母さんは、ジャスティンとあたしが幼稚園《ようちえん》に入ったときからの友だちだ。

「みんな、いい、もう一度《いちど》いうわよ。お願《ねが》いだから、今日は、じゃましないで。」ジャスティンのお母さんはいう。「これをみんな、荷《に》づくりしてしまわないといけないの。ジャスティン、あなたの部屋《へや》に箱《はこ》をいくつかもっていくわ。そこに、自分のものを入れるのよ。役《やく》に立たないものや、こわれているものは、すてるものの箱に。まだ使《つか》えるものでも、あなたがいらないものは、寄付《きふ》にもっていく箱に。」

「了解《りょうかい》！」とジャスティンはさけんだ。

ジャスティンのお母さんは、じろっと見ていった。

「ジャスティン・ダニエルズ。おじいちゃんが送ってくれたスーツを、寄付の箱に入れるつもりじゃないでしょうね。」

「ちぇっ！」ジャスティンが、顔をしかめる。

「手伝《てつだ》ってあげる。」あたしは申《もう》し出《で》た。まるで、〈おかたづけの女王様《じょおうさま》〉に変《へん》身《しん》したみたいな気分になって。

ジャスティンとダニーの部屋にむかうのに、あたしたちは荷づくりして、ラベルをはった箱をいくつもまたがないといけなかった。

ジャスティンがバスケットボールをひろって、あたしに投《な》げた。

あたしは投げ返す。

ほどなく、あたしたちは〈ボールをぶち当てろ！〉ゲームをはじめた。

あたしたちは、このゲームを二年生のときに考え出した。

相手の胸《むね》に当てたら、一点。

おしりに直接《ちょくせつ》当てたら、二点。

足の親指《おやゆび》や小指《こゆび》や、おへそに当てたら三点。

減点《げんてん》になるときもある。もしも頭をねらったり、ほかの特定《とくてい》の場所《ばしょ》に当てたら、五点のマイナス。

「三点だ、ほら！」ジャスティンがあたしの足の親指をねらって、右の靴《くつ》にボールをぶつける。

ジャスティンのお母さんが、部屋《へや》に入ってきた。

「そして、わたしのいったことをやってないから、二十点の減点。ほら、荷《に》づくりするものは山ほどあるのよ。ダニーをお友だちの家まで送っていくわ。そうすれば、もっとはかどるでしょう。ジャスティン、いまから、あなたを大人《おとな》と

すてるもの
いらないもの
すてるもの

してあつかいます。お願《ねが》いだから、自覚《じかく》をもって行動して。」

ジャスティンは、床《ゆか》をじっと見つめてる。

あたしは思った。だいたい大人《おとな》に、「いまから、大人としてあつかいます。」って、いわれたら、結局《けっきょく》は赤ちゃんあつかいされた気がするんだ。

ジャスティンのお母さんがいってしまうと、あたしはもう一度《いちど》いう。

「手伝《てつだ》うよ。」

あたしたちは、クローゼットの中をかたづけはじめた。

大切なものを入れる箱《はこ》に、まず野球《やきゅう》カードのコレクションを入れた。それから、郡《ぐん》の品評会《ひんぴょうかい》で『二人三脚《ににんさんきゃく》レース』に優勝《ゆうしょう》したときの勲章《くんしょう》が三つ。(あたしたち二人は、自分の学年のレースで毎年優勝してきた)、飛行機《ひこうき》のプラモデルに、あたしたちの学年ごとのアルバムが全部《ぜんぶ》。

「で、これは、すてるよ。もし母さんに見つかったら、頭にきそうだから。」

ジャスティンは、あたしたちが一年半もかけて少しずつ大きくしていった、チューインガムで作ったガム・ボールを掲《かか》げた。

「でも、それは**ふたりのもの**でしょ。ふたりでいっしょに作ったボールじゃない。」あたしはガムをかんだ後取っておいて、ねばり気がなくならないように、しめったペーパータオルにはさんで、チャックつきのビニール袋《ぶくろ》に入れて保管《ほかん》して、少しずつガム・ボールを大きくしていった、長い時間のことを考えた。

ジャスティンは、ため息《いき》をついて、肩《かた》をすくめた。

「母さんは、もうじゅうぶんきげんが悪《わる》いんだよ。」

「だけど、それは**ふたりのもの**よ。」あたしはくり返《かえ》す。

「ただのチューインガムのボールじゃないか。」ジャスティンがイラついていう。

すてるもの
いらないもの
すてる

「アンバー、どうして、そんなに一大事件《いちだいじけん》みたいに大げさにいうんだ？」

もう、がまんならない。

ジャスティンは、すっかり別人《べつじん》になってる。

「すてればいいじゃない。もう二度《にど》とあんたと口をきかないからね。」あたしはジャスティンをじっと見つめた。

ジャスティンも、あたしの顔を見つめた。

それから、ガム・ボールをひろいあげると、ひざをまげて、バスケットボールをシュートするみたいな感《かん》じで、一言も口をきかないでゴミの山のほうへポーンと投《な》げた。

あたしは、ジャスティン・ダニエルズになんか、二度《にど》と口をきいてやらない。

8章

新しい親友を選《えら》ぶのは簡単《かんたん》じゃない。

あたしはベッドにすわって、クラスのみんなの名前リストをながめている。最初《さいしょ》に、決心するのにずいぶん時間がかかった。もしあたしが選《えら》んだ子に、もう親友がいたらどうするのかとか、その子があたしと親友になりたがらなかったらとか、いろいろなやんだ。

名前は全部《ぜんぶ》、明るい水色のインキで書き出した。赤ペンで、あたしの親友には絶対《ぜったい》なれない子の名前に×印《じるし》をつけていく。アリシア・サンチェスとナオミ・シュワルツはもう親友どうし。それに、フレディー・ロマーノとグレゴリー・ギフォードも。何人かの男子はすごくいやなやつだから、×をつけた。

あんな子たちを選《えら》ぶくらいなら、狂犬病《きょうけんびょう》のナメクジを選《えら》ぶほうがましだ。ハンナ・バートンは、すごくこぎれいで、ものすごく服装《ふくそう》を気にする。あたしは、自分の部屋《へや》のドアに、毎日どの服《ふく》を着るか、リストをはりつけてる子となんて、親友になれっこない。最低《さいてい》二週間は同じ服を絶対に着ないように、リストを作っているんだから。一度《いちど》、ハンナの家のパジャマ・パーティに行ったら、クローゼットの中は、色分けされて、丈《たけ》の長さ別《べつ》に、シャツ、スカート、パンツ、ワンピースというふうにきれいにならべてあった。ハンナは絶対に**ありえない**。ブランディ・コルウィンには、名前の横《よこ》にむらさき色の★印をつける。ブランディは**ありかも**。それに、マック・マンチェスターも。

でも、フレデリック・アレンは、どんなことがあっても**むり**。あの子は、鼻《はな》クソをほじって食べちゃうタイプ。

ノックの音がした。

「ねえ、アンバー。入っていい？」

あたしは、リストをまくらの下にかくした。

「いいよ。」

母さんはボウルとスプーン二本をもって、入ってきた。ただのおやつをもってきてくれたっていうわけじゃないのは、わかってた。それにあたしたちは、食べ物《もの》に気を取られている場合じゃない。だけど、今日のあたしはどうしようもない。

母さんがベッドにすわった。

あたしは、ボウルの中をのぞきこんで、いう。

「あたしの好《す》きなやつだ。」ボウルの中には、ダブル・ファッジ・ブラウニー（クッキーの種類《しゅるい》）の材料《ざいりょう》が全部《ぜんぶ》まぜ合わせて入っている。まだ、焼《や》いてない生地《きじ》。

「ありがとう、母さん。」あたしは母さんにだきついた。母さんはキスしてくれた。

「今週ののこりは、ランチのデザートにフルーツをもっていってくれるって、約束《やくそく》して。」母さんは背中《せなか》にスプーンをかくす。

「約束する。」

母さんがスプーンをくれる。

ふたりで、しばらく一緒《いっしょ》にボウルからブラウニーの生地をすくって食べた。

母さんがいう。

「アンバー、話したいことがあるの。」

ただで、ブラウニーの生地が食べられるはずないんだ。

母さんがつづける。

「あなたとジャスティンは、どうなっているの？　どうして、最近話をしなくなっちゃったの？」

母さんに、チューインガム・ボールのことなんて、どう話せばいい？　ジャスティンが引っこしについて、何も話してくれないことや、いなくなることなんて、この世《よ》の中《なか》のたいしたことじゃないみたいにふるまうことを、どう話せばいい？

あたしは頭をふった。

もしも、話し出したら、きっと泣《な》き出《だ》してしまう。

母さんはボウルとスプーンを机《つくえ》の上におくと、両腕《りょううで》をあたしにまわした。

「アンバー。」あたしの頭のてっぺんにもう一度《いちど》キスしてくれた。「ジャスティンがいなくなったら、さみしくなるだろうっていうのはわかっているわ。あなたたちには、特別《とくべつ》の友情《ゆうじょう》があるってことも。」

「もう、なんにもないよ、あたしたちには。」あたしはクスンと鼻《はな》をすっていう。「あいつは、まぬけ、とっても、トンデモナイおおまぬけ！」

母さんは話しつづける。

「自分から、だれかとお別《わか》れするって、つらいことよね。自分が悪《わる》いんだって、考えることもあるものね、そうでしょう。」

「ジャスティンなんて、きらい。」なみだが、出てほしくないのにあふれてきた。

「いいえ、きらってなんかいないでしょ。」母さんはあたしをじっと見つめた。

「あのね、あなたは、今とっても怒《おこ》ってるの。でも、ジャスティンが友だちだってことは、あなたもわかってる。」

「友だちなんかじゃない。」あたしはいった。

「それじゃあ、何があったのか、話してみて。」母さんはあたしの髪《かみ》をなでてくれる。「話せば、気もちが楽になるわよ。」

あたしは頭をふった。

あたしの髪をやさしくなでながら、母さんがいう。

「人ってね、別れないといけないとき、そんなのたいしたことじゃないみたいにふるまったり、別れるときにつらくないように、わざとけんかをふっかけたりすることがあるわ。今度《こんど》の場合は、どうやら両方《りょうほう》ね。でも、あなたが話すのをやめたせいで、ふたりの楽しい時間が、いま全部《ぜんぶ》なくなっちゃてるってことを、考えてみた？」

あたしは声をあげて、ワッと泣《な》きだした。

BEAR

あたし、泣《な》くのはきらい。

もしも、泣きだしたら、止まらないんじゃないかってこわいんだ。

なのに、あたしは、泣きだしてしまった。

母さんが、あたしをだきしめてくれる。

ぎゅっと、強くだきしめる。

あたしは泣いた……。

あたしたちはしばらくのあいだ、すわったままだき合ってた。それから、あたしはからだをはなした。

「コーエン先生が、人間のからだの八〇パーセントは水でできてるっていうの。こんなふうにずっと泣いてたら、天気予報《よほう》でいうとしたら〈乾燥《かんそう》にご注意《ちゅうい》〉って、なるかもね。母さん、だきしめてくれてありがとう。もう、だいじょうぶ。」

「一人《ひとり》になりたい？」母さんが聞いてくれた。

あたしはうなずいた。

「リビングにいるから、いつでも声をかけて。」母さんはそういうと、もう一《いち》度《ど》ぎゅっとだきしめてから、部屋《へや》を出ていった。

あたしは、母さんの後ろすがたをじっと見ていた。

あたしのことを、子どもだからといって、子どもあつかいしない母さんがいてくれるって、すごく運がいい。

リストをひっぱりだして、見つめた。

それから、あたしはリストをビリッとやぶいた。

親友を作るのは、買《か》い物《もの》リストを作るのとはちがう。

ベッドのそばの引き出しから、ジャスティンが学校でとった写真《しゃしん》を取り出した。

あたしが、写真《しゃしん》の目のまわりに青あざと、赤ペンで水ぼうそうのぶつぶつをかいたので、ちょっときたない。

その写真をじっと見つめながら考える……。ジャスティンは、あたしがいないとさみしいだろう。そうなったら、だれが読書会のとき、ぴったりの言葉《ことば》をささやいてあげられる？ まぬけな大人《おとな》が、「きみの名前って、整理整頓《せいりせいとん》のときによくいうでしょ。『これ、いるの？ いらないの？ すてるの？』『じゃ《ジャ》、すてん《スティン》！』なんてね。」っていったとき、だれが顔をしかめてあげられる？ ジャスティンのために、あたし以外《いがい》のだれが、オレオ・クッキーをあきらめられる？ 三振《さんしん》アウトになったとき、だれがジャスティンをはげますの？ ダニーのベッドを整《ととの》えてるのは、お兄《にい》ちゃんじゃなくて、ニイ・チャンっていう外国人なんだよっていう大うそ、だれが納得《なっとく》させるの？

あたしはあんたに、いってあげる。
ジャスティンは、あたしがいなくなるとさみしくなるって。
あたしはあんたに、もっといってあげる。
あたしは、ジャスティンがいなくなるとさみしくなるんだって……。

9章

今日、三年生のあたしたちのクラスでは、ピザ・パーティをする予定《よてい》になってる。

それは、いいニュース。

悪《わる》いニュースは、それがあたしの大、大親友のジャスティン・ダニエルズのお別《わか》れパーティだということ。それなのに、あたしたちはまだどちらも、一言も話していない。

あたしは、ジャスティンが「ごめん。」といってくれるのを待《ま》っている。

ジャスティンが何を待っているのか、あたしは知らない。

というわけで、あたしたちはずっとクラスでとなりどうしにすわりながら、一言も口をきかないままでいる。

そう、ほとんど一言も。

ほんとは一度《いちど》だけ、あたしが話しかけた。「ねえ、最低《さいてい》人間、その消《け》しゴムかしてくれない？」って。

そしたら、ジャスティンがいった。「クレヨン頭くん、自分のを使《つか》えよ。」

その言葉《ことば》に、めちゃめちゃくちゃきずついたけど、こうさんだ。

ジャスティンは、ものすごく強情《ごうじょう》だ。

今日、うちのクラスは中国旅行《りょこう》から〈帰国〉する。

次《つぎ》にあたしたちが、〈出かける〉のは、オーストラリア。

あたしは待ちどおしい。

でも、ジャスティンは〈出かけない〉。

ジャスティンは、アラバマに本物《ほんもの》の旅行《りょこう》に行くんだから。

あたしは、アラ・バーマさんが、本物の人間だったら、あんたのことをどれだけ憎《にく》らしく思ってるか、面《めん》とむかっていってやるところだ。

ブランディ・コルウィンが、あたしたちの机《つくえ》の横《よこ》を通ったので、声をかけた。

「ねえ、ブランディ、忘《わす》れないでよ。次《つぎ》のオーストラリア行きのときは、あたしたちはとなりどうしにすわるんだから。」

そしたら、ジャスティンが、ハンナにむかっていった。

「おれ、きみんちへ、アラバマから絵ハガキだすからな。」

あたしは、あくびをする。それも、でっかいあくびだ。ジャスティンの顔にまともにむかって。気にしないわって、見せつけるように。それから、ワークシートのプリントをクシャクシャにして、顔をかくした。泣《な》きそうなのを見られないように。

コーエン先生が、電気のスイッチを消《け》して、またつけた。

「ピザが、あと五分ほどでとどくよ。チーズたっぷりにマッシュルームに、トッピングを全部《ぜんぶ》のせてとたのんだよ。」

あたしは顔をあげて、ジャスティンのほうを見た。

ジャスティンが、あんまりうれしそうじゃないのは、あたしも感《かん》じる。

一大決心《いちだいけっしん》をして、声をあげた。

「配達《はいたつ》の人に、アンチョビを抜《ぬ》いてくださいって、いってください。」そういって、ジャスティンのほうをむいて、くねくね動くアンチョビをつまみとるまねをした。

ジャスティンが、笑《わら》いだした。

あたしは、ジャスティンのほうに、その〈アンチョビ〉をはじき飛《と》ばすふりをした。

ジャスティンが、その〈アンチョビ〉をぱっとつかむ。

「ろうかで、一緒《いっしょ》にピザを待《ま》とうぜ。」ジャスティンはいうと、ナップザックをつかんだ。

あたしたちはふたりでコーエン先生のところまで行って、ちょっとの間、ろうかに出てもいいですかと聞いた。

「もちろんさ！」コーエン先生は、身振《みぶ》りでドアを示《しめ》した。

ふたりで出ようとしたら、コーエン先生が「やっとか……。」って、いうのが聞こえた気がした。

いったん外に出たものの、あたしたちは少しの間、だまったまま突《つ》っ立って

いた。

それから、ふたりとも「ごめん。」って同時にいって、小指《こゆび》をつないだ。

「あんたに、引っこしてほしくないよ。」あたしは泣《な》きだした。ほんの、ちょっぴりね。

ジャスティンはふかいため息《いき》をついて、いった。

「おれだって、行きたくないさ。これが、平気だって、思うのか？　新しい学校は、すごくでかい。あっちじゃ、だれも知り合いはいないんだ。もし、自分のロッカーの鍵《かぎ》の番号を忘《わす》れたら、どうするんだ？　あっちの子たちは、もうみんなおたがいのことがわかってる。父さんたちは、勇気《ゆうき》をだせって。ダニーのいいお手本になれってさ。そうできりゃ、楽しいだろうよ。だけど、母さんだって、引っこしのことを心配《しんぱい》してるんだ。おまえの母さんに、電話で話してるのを聞いたよ。それにさ、リトル・リーグのチームに入るには時期《じき》がおそすぎるし、あっちじゃ、おれの話しかたをおもしろがって、みんな笑《わら》うにきまってる。だから、おれも、アラバマ風の話しかたとかおぼえなきゃいけないし、それに……それに……。」

あたしはいった。

「それに？」

ジャスティンは赤くなった。

「それにさ、おまえがいなくなるとさみしいんだ……。」

あたしは、今年はじめてわらうみたいに、にっこりした。

あたしたちは、しばらくそのまま立っていた。そこで、あたしがいった。

「どうして、もっと早く話してくれなかったの？」

「おまえが、話すのをやめちゃったからさ。」

「あんたが、あたしに話そうとしなかったんじゃない。」あたしはいいかえす。

「大事なことは、なんにも。」

「むずかしいんだよ。」ジャスティンはそういって、よごれた靴《くつ》の先に目を落《お》とした。

あたしはいった。

「ここに、いてほしいよ。」

ジャスティンは、顔をあげた。

「おれもさ。だけど、できないんだ。父さんたちが、おれも連れていくことにした。でも、ふたりはこんなことといってたよ。おまえと、おまえの母さんに今年の夏、遊《あそ》びに来てもらおうって。」

今年の夏……。あたしも練習《れんしゅう》したほうがいいかな、アラバマ風の話しかた……。

ジャスティンが、ナップザックから何かを引っぱり出した。

ぶかっこうな包《つつ》みのプレゼントだった。

あたしは、包装《ほうそう》を開ける。

ティッシュの箱《はこ》だ。

ティッシュの箱の中身《なかみ》は、あのチューインガム・ボールだった！

「ありがとう！　これまでで、最高《さいこう》のプレゼントだわ。」

そういいながら、あたしはきっとこれを一生大切にするだろうって、わかってた。

ピザ配達《はいたつ》のお兄さんが、十枚のピザをもってやってきた。あたしのおなかは、チーズたっぷりのにおいにグーって鳴った。コーエン先生が出てきた。

Tissues

「ふたりとも、このピザがぜんぶ食べられちゃう前に、中に入ってきたほうがいいよ。きみのパーティなんだから、ジャスティン。」

ふたりで教室に入っていくとちゅう、ジャスティンとあたしが大人《おとな》になったら、どんなだろうって想像《そうぞう》した。

そしたら、親が引っこすからといって、ジャスティンも引っこさなくていいんだ。

もしかしたら、いつかあたしたちは、自分たちの会社をもつかもしれない。あたしが一週間社長をしたら、次《つぎ》の一週間はジャスティンが社長をする。あたしたちは、箱《はこ》入りの『クッキーとクッキーかざりつけセット』を売《う》るんだ。

もしかしたら、いつかあたしたちは、新しい味《あじ》のチューインガムをさがして、

世界中《せかいじゅう》を旅《たび》するかもしれない。そして、チューインガム・ボールがすごく大きくなったら、あたしたちはそれで家をたてよう。

それまではたぶん、あたしは毎週おこづかいを節約《せつやく》して、ときどきジャスティンに電話するだろう。ジャスティンも、きっとしてくれる。ジャスティンの新しい電話番号を、しっかりと暗記《あんき》しようっと。

三年生のときのことを思い出せば、いつだって、ジャスティンのことを考えるだろう。

それに、ジャスティンだって、いつもあたしのことを思ってくれてるはずだから……。

訳者《やくしゃ》あとがき

『あたし、アンバー・ブラウン！』を読んでくださったあなたも、きっと大切なだれかとの別《わか》れの体験《たいけん》があると思います。

大切で大好きな人と別れなくてはならないとき、あなたは別れの日までどんなふうに過《す》ごしましたか？

小学校3年生のアンバー・ブラウンは、幼稚園《ようちえん》からの親友ジャスティンとほんとはちゃんと話をするつもりでした。でも、ジャスティンは「転校《てんこう》すると、アンバーがいなくて、さみしいよ」という、たった一言を言ってくれません。ふたりで1年半もかけて作った「チューインガム・ボール」も捨《す》ててしまう……と。ジャスティンはアンバーのことなんて、どうでもいいのでしょうか？

アンバーはジャスティンにいらだち、腹《はら》を立て、ついには一言も口をきかなくなってしまいます。別れの日は近いのに……。

ベッドで次の親友候補《こうほ》のリストをチェックするアンバーに、お母さんが言います。別れがつらくないように、たいしたことないみたいにふるまう人や、わざとけんかをふっかける人もいるって。お母さんの言葉《ことば》に、アンバーはジャスティンも自分と同じように平気じゃないんだと気づいていきます。

親友は、リストから簡単《かんたん》に選んだりできるものではないのです。友情《ゆうじょう》は、ふたりが大切に過ごした時間と相手を思う気持ちの深《ふか》さが作り上げたものでした。おたがいの気持ちをすなおに話すことだけが、この別れのつらさを乗りこえ、これからもふたりの友情が続くことを約束《やくそく》してくれるようです。

がんばれ、アンバー・ブラウン、そしてジャスティン・ダニエルズ！

若林千鶴

文研ブックランド　　　　　　　　　　　　　　　　　2015年2月26日　　第1刷
あたし、アンバー・ブラウン！
作　者　ポーラ・ダンジガー
訳　者　若林千鶴　　　　　　　　　　　　　　NDC933　A5判　120P　22cm
画　家　むかいながまさ　　　　　　　　　　　ISBN978-4-580-82244-3

発行者　佐藤徹哉
発行所　文研出版　〒113-0023　東京都文京区向丘2－3－10　☎(03)3814-6277
　　　　　　　　　〒543-0052　大阪市天王寺区大道4－3－25　☎(06)6779-1531
http://www.shinko-keirin.co.jp
印刷所　株式会社太洋社　　製本所　株式会社太洋社
表紙デザイン　株式会社クリエイティブ・コンセプト